Copie double

Illustration de couverture :
François Roca

Marie Desplechin

Copie double

BAYARD JEUNESSE

3, rue Bayard, 75008 Paris
ISBN : 2 227 723 785
Dépôt légal : mars 2000

Loi 49956 du 16 juillet 1949 sur les publications destinées à la jeunesse

Troisième édition

Chapitre 1

L'indispensable Aliénor

– Je vais la tuer.

Assises en face de moi, mes deux meilleures amies m'écoutaient sans rien dire. Les fesses dans la poussière blanche, Alice entassait des petits monceaux de gravats devant elle. À côté d'elle, Laura louchait, enroulant sans fin une mèche de cheveux sur son index, juste devant son nez. Moi, les coudes sur les genoux, le menton dans les mains, je regardais le sol.

– Je vais la tuer et je vais la découper en petits morceaux. Je les emballerai et je les accrocherai au sapin de Noël. Oh, ce que j'en ai marre ! De ma vie entière, je n'ai jamais détesté quelqu'un comme je la déteste.

Dans la pièce déserte, le son portait loin et mes paroles semblaient rebondir contre les murs. Abandonnée, à demi effondrée, l'église était décidément un endroit formidable pour discuter tranquillement. Il suffisait de se glisser derrière le panneau « Chantier interdit » et de traverser les ruines. Sur le côté, vaillant au milieu du désastre, un petit bâtiment tenait encore debout. La porte en avait été arrachée. C'était notre repaire, la cachette secrète où nous nous retrouvions toutes les trois

le mercredi, après la piscine, ou quand un prof était absent.
– Il y a une chose que je ne comprends pas, a remarqué Alice sans cesser d'édifier ses tumulus de cailloux. Si tu la détestes, pourquoi es-tu toujours fourrée avec elle ?
– Oui, Anne, pourquoi l'as-tu prise comme copine ? a insisté Laura.
Tant d'incompréhension me levait le cœur. J'ai secoué la tête.
– Je ne l'ai pas choisie ! C'est elle qui m'est tombée dessus. Depuis, je n'arrive pas à m'en dépêtrer. J'aimerais bien savoir pourquoi elle me colle, moi. Pourquoi pas Corinne qui est si belle ? Ou Sarah, qui est si drôle ?
– Très juste, a fait Alice. Tu es beaucoup moins belle que Corinne et incroyablement moins rigolote que Sarah. On ne peut même pas comparer.

– Merci Alice, tu me remontes le moral.
Alice a consenti à lever les yeux de ses cailloux. Elle a contemplé ma mine défaite et s'est mise à pouffer.
– Ne le prends pas mal, c'était pour rire. Dans le fond, tu n'es pas spécialement laide, ni particulièrement sinistre. D'ailleurs, si Aliénor a décidé de te coller, il doit bien y avoir une raison.
– Sans doute, a repris Laura d'un air rêveur. Mais moi, ce que je ne comprends pas, c'est pourquoi Aliénor te colle, toi, alors qu'il y a quatorze garçons dans la classe. Elle n'a que l'embarras du choix.
– Oh ! Laura ! a dit Alice. Toi, évidemment, tu n'imagines même pas que l'on puisse remarquer un autre être vivant que l'un de ces petits crétins du collège...
– Qu'est-ce que tu en sais qu'ils sont crétins ? Et puis je suis toujours avec Anne

et avec toi. C'est bien la preuve que je ne m'intéresse pas seulement aux garçons.
– Uniquement parce que tu n'oses pas aller leur parler. Si tu en avais le courage, je ne sais pas si on te reverrait. Quelquefois, je me dis que tu ne penses qu'aux garçons.
– Et alors ? Et si j'ai envie, moi, de tomber amoureuse d'un garçon ? Et si c'est mon but dans la vie ? Toi, tu ne penses qu'à grappiller de l'argent à droite et à gauche.
Laura passait et repassait les doigts dans ses cheveux et Alice remuait avec fureur les mains dans la poussière.
– Je suis bien obligée de ramasser de l'argent si je veux m'enfuir quand j'aurai quinze ans. Si je n'ai pas un sou, je ne pourrai jamais m'en aller.
– Alice, ai-je demandé, pourquoi veux-tu tellement t'enfuir de chez toi ? Ta mère n'est pas si méchante.

– Elle est même plutôt gentille, a-t-elle concédé. Mais je ne veux pas partir à cause de ma mère. Je veux partir à cause des aventures. Je veux m'engager sur un bateau et faire le tour du monde. Je veux admirer l'Antarctique et danser sur le pôle magnétique.
– Toi et moi, c'est pareil, a triomphé Laura. Toi l'Antarctique, moi les garçons !
Au lieu de me réjouir, l'enthousiasme d'Alice et de Laura me laissait amère et pleine de ressentiment :
– Moi, si j'allais au pôle, je serais sûre d'y voir débouler ce pot de glu d'Aliénor, courant derrière moi avec son petit drapeau. Si je me mariais, je crois qu'elle serait là, à côté de moi, en robe blanche, tenant mon voile et mon bouquet. Et quand le maire me demanderait si je veux me marier, je n'aurais pas le temps d'ouvrir la bouche.

Elle aurait répondu avant moi.
Alice et Laura, mes deux vraies amies pour l'éternité, me regardaient d'un même œil, à moitié moqueur, à moitié consterné.
– Quand même, a glissé Alice en se levant et en essuyant son pantalon couvert de poussière, il a bien fallu que tu fasses quelque chose pour que cette fille s'accroche à toi à ce point-là.

Oui, sans doute, j'avais fait quelque chose. Mais rien d'assez grave pour mériter la situation où je me retrouvais. Au début, j'avais même été contente qu'Aliénor s'intéresse à ma petite personne. Il faut dire que je ne la connaissais pas encore. Elle venait tout juste d'arriver au collège.
C'était elle qui s'était approchée de moi, le jour de la rentrée, pour me demander de l'aide. Une fille banale et sympathique, aux

cheveux mi-longs, aux vêtements raisonnables. Elle venait de s'installer dans le quartier et elle avait tout à découvrir, la cantine, la bibliothèque, les profs célèbres, les pions... Renseigner Aliénor, voilà ce que j'avais fait. J'imagine que tout le monde en aurait fait autant.

Les premiers soirs, elle m'a attendue à la sortie et nous sommes parties ensemble du collège. Elle m'a raccompagnée jusque chez moi. Je croyais bêtement que c'était sa route. Il m'a fallu presque un mois pour découvrir le pot aux roses : sa maison était à l'opposé de la mienne et elle faisait un grand détour pour me tenir compagnie. J'aurais dû la dissuader. Mais il était trop tard. Je m'étais habituée à ce qu'elle m'attende et m'accompagne. Je trouvais sa conduite presque normale. J'aurais dû me méfier.

Il s'est vite avéré qu'Aliénor ne cherchait pas à se lier à d'autres filles. Le temps passait et j'étais sa seule amie. Elle m'avait trouvée et je semblais lui suffire. Quand je m'amusais avec Alice et Laura, quand nous complotions sous le marronnier, elle restait à l'écart, seule dans son coin, très occupée à réfléchir.

Elle attendait que je sois seule un instant pour rappliquer. Je ne la voyais pas s'approcher. Simplement, soudain, elle était là, à côté de moi, souriante, prête à reprendre la conversation là où nous l'avions laissée. Je n'étais plus jamais seule. Je me sentais intéressante et importante. Et ce n'était pas désagréable.

Le matin, devant le lycée, elle m'attendait, le cartable à la main. En classe, elle ne se plaçait jamais très loin. Elle avait toujours un crayon à me prêter quand j'avais oublié les miens, un bonbon à me proposer quand j'avais faim. Un jour, elle m'invita à venir goûter chez elle. Une semaine plus tard, elle s'invitait chez moi.

– S'il y a quelque chose que tu ne comprends pas en maths, demande-moi, proposa-t-elle enfin. Je peux sûrement t'aider. Certainement, elle pouvait m'aider. Aliénor était très forte. En maths, en français et même en gym. On aurait dit que l'école avait été inventée pour elle. À la fin du trimestre, il était clair qu'elle serait la première de la classe. Et de loin. Ce n'était que justice : dans toutes les matières, elle était excellente. Comme je suis plutôt paresseuse et faible en maths, je n'ai pas tardé à lui demander de l'aide.

– Allô ! Aliénor ? Tu peux me raconter comment tu as fait ton exo de maths pour demain matin ?

Ce soir-là, et puis les suivants, elle m'a donné les résultats. Puis elle m'a expliqué les leçons de grammaire que je n'avais pas écoutées, trop occupée que j'étais à chahuter avec Alice et Laura.
Bref, il avait suffi de quelques semaines. Noël était arrivé et Aliénor m'était devenue indispensable.
J'ai fini par me rendre compte du tour étrange que prenait cette histoire. Un jour de printemps. Et pour une histoire de cheveux. Il faut savoir que je porte les cheveux très courts, sans doute les cheveux les plus courts du collège.
Comme j'ai les cheveux fins, ma mère n'arrête pas de m'envoyer chez le coiffeur pour qu'il me rase la tête. Parfois, je rêve d'avoir une belle crinière que je pourrais porter fièrement, flottant sur mes épaules, comme Alice qui a les cheveux raides, ou

Laura qui les porte un peu bouclés. Mais il n'y a rien à faire. Je suis la proie naturelle du coiffeur.
J'ai donc fini par me faire une raison. Des cheveux si courts vous donnent un style. Je me suis habituée à avoir l'air d'un minuscule bagnard et à ce que tous les boulangers de la planète m'appellent « mon petit garçon ». Ces cheveux ras, c'était devenu une sorte de fierté. Grâce à eux, on pouvait me reconnaître de dos, de loin, et même vue du dessus. « Tiens, voilà Anne », pouvait-on dire de l'autre bout de la rue et par temps de brouillard.
Or, un matin, arrivant en retard au collège, j'ai vu, de loin, une silhouette familière se profiler à l'autre bout du couloir. Le crâne surtout me rappelait quelque chose : il était rasé. Mon cœur s'est mis à battre plus vite et j'ai crié :

– Hé toi, là-bas !

Le crâne s'est retourné et, à ma stupéfaction horrifiée, j'ai reconnu le visage d'Aliénor. Elle me souriait benoîtement.

– Huit heures cinq ! Dépêche-toi !

Elle avait la même coupe de cheveux que la mienne. Exactement la même. Muette, je l'ai détaillée de la tête aux pieds. Ce n'est qu'alors que j'ai mesuré ce qui était en train de se passer. Aliénor portait des bottes de caoutchouc vert, comme les miennes. Un pull trop large qui lui tombait aux genoux, comme le mien. Elle a passé la main dans le fin fouillis de ses cheveux d'un air dégagé. Exactement comme je le faisais moi-même depuis toujours, à peu près deux cent cinquante fois par jour. De sa propre volonté, Aliénor était en train de se transformer en Anne et je ne pouvais rien y faire.

À notre arrivée dans la classe, tous les élèves ont levé la tête. Le prof s'est tourné vers nous. Il s'apprêtait sans doute à nous passer un savon mais la surprise lui a cloué le bec.
– Excusez-nous, ai-je bredouillé en gagnant précipitamment ma place.
Nous nous sommes assises dans un silence interloqué. Puis le prof a repris son cours comme si de rien n'était.
– Je ne savais pas que vous étiez tellement copines, a murmuré mon voisin avant de replonger dans son bouquin.
Pendant cette heure, je n'ai pas prêté une seconde d'attention à ce que racontait le prof. Mais pour une fois, je ne dormais pas. Je me consumais de rage.

Chapitre 2

Un garçon peu amoureux

À dix heures, dans la cour de récréation, Éric est venu me parler. Éric est dans l'autre cinquième. Il fait partie d'une bande de garçons qui ressemble à notre trio sacré, sauf que ce sont des garçons, donc forcément un peu ballots. Je ne sais pas pourquoi il vient me parler de temps en temps. Laura pense qu'il est amoureux de moi. Mais je n'arrive pas à le croire. Surtout qu'il n'a rien de spécial à me dire. Il se contente de bredouiller d'un air gentil : « Bonjour, tu vas bien ? ». Je lui réponds : « Ça va, ça va », en rougissant comme un champ de tomates.

Ce matin-là, la conversation s'est beaucoup améliorée. Il s'est précipité vers moi l'air inquiet :

– Je n'avais pas remarqué comme vous vous ressembliez, ta copine et toi. Avec les mêmes cheveux, on voit mieux. C'est incroyable. Si on ne fait pas attention, on peut vous confondre.

– Elle n'est pas ma copine, ai-je répondu au bord des larmes, même si elle me ressemble. Elle essaie juste de copier tout ce que je fais.

– Laisse tomber, a dit Éric, ça ne vaut pas

le coup de s'énerver. Veux-tu que je te raccompagne chez toi, ce soir ?

Misère ! Pourquoi fallait-il que ça tombe ce jour-là ? N'importe quel autre jour, j'aurais adoré qu'il me raccompagne. Je ne sais pas ce qu'il m'aurait dit. Rien sans doute. Mais peut-être m'aurait-il pris la main. À moi, l'affaiblie, la démoralisée, la ressemblante ? Pas question.

– Non Éric, une autre fois.

Il a eu l'air déçu. Mais il ne l'était certainement pas autant que moi. D'autant que, ce même soir, j'avais à peine fait dix pas qu'Aliénor était à côté de moi, marchant tranquillement, souriant avec amabilité.

– J'ai fait un double des exos de maths pour demain, m'a-t-elle dit. Je peux te le passer.

Je n'ai pas répondu. J'avais envie de pleurer. Pourquoi s'efforçait-elle de faire la gentille ? Pour rendre les choses encore plus compliquées ? Le pire était de penser qu'elle ne m'avait pas fait de mal. Je n'avais qu'à prendre les choses avec plus de philosophie : tout le monde a le droit d'aller chez le coiffeur, non ? Tout le monde a le droit de porter des bottes de caoutchouc et des pulls trop larges. Tout le monde a le droit de ressembler à qui bon lui semble...

– Tu n'es pas fâchée parce que j'ai les cheveux courts ? a-t-elle fini par demander. Parce que, si tu veux, je les laisse repousser. Tu n'as qu'à le dire... Je ferai tout ce que tu voudras. Si ça peut te faire plaisir.

– Non, ai-je fait à voix basse. Ce n'est pas grave. Et merci pour les maths. Tu n'as qu'à me les donner.

Aliénor a passé la main sur sa tête, ébouriffant ses cheveux selon mon geste préféré.

– Attends, je te les donne.

Elle a ouvert son cartable et j'ai pris la copie. Tout au long de la route, Aliénor n'a cessé de jacasser. Elle parlait des filles de la classe. Pour en dire du mal. Elle se moquait d'elles comme si elle les connaissait personnellement, comme si elle savait un tas de choses sur elles. Un tas de choses que je lui avais confiées, et dont elle se servait maintenant, en feignant d'oublier que moi, et moi seule, j'avais le droit de me moquer de mes amies. Je marchais en silence, la tête basse. Arrivée devant chez moi sans avoir prononcé un mot, j'ai grimpé les marches du perron et j'ai ouvert la porte.

– Tu m'emmèneras un jour dans votre cachette secrète ? m'a alors lancé Aliénor.

Je me suis retournée brusquement :

– Comment sais-tu que nous avons une cachette secrète ?

– Oh, ce n’est pas très difficile ! Je peux même te dire où elle se trouve : dans l’église en ruine. Derrière le panneau « Chantier interdit ».

– Puisque tu es si bien renseignée, tu peux y aller toute seule.

– Oh, non ! a fait Aliénor. Ce que j’aimerais, c’est que tu m’y emmènes. Que nous allions y discuter toutes les deux. Que tu me racontes tes secrets.

– On verra, j’ai dit.

Et j’ai claqué la porte.

– Encore de mauvaise humeur ? m’a demandé ma mère alors que je chipotais dans mon assiette.

– J’ai des soucis, ai-je répondu pour être aimable.

– Quel genre de souci ? a fait ma mère qui est à moitié folle de curiosité, toujours à me poser des questions comme s'il n'y avait rien de plus intéressant au monde que la vie de sa fille. Des soucis de cœur ?

– Non. Je n'ai pas de cœur.

Mais j'ai pensé à Éric et le souvenir de son air déçu m'a remplie d'espoir. Pourvu qu'il me propose à nouveau de me raccompagner chez moi, un jour. En admettant, bien sûr, qu'il soit un tout petit peu amoureux de moi.

– Alors, quelle sorte de souci ? a insisté ma mère.

– Eh bien...

J'ai hésité à parler. Mais l'image d'Aliénor me pesait tellement que je lui ai tout raconté : les bottes, le pull, les cheveux courts. Je n'ai passé sous silence que les exercices de maths et la cachette secrète.

– Tu comprends, j'ai l'impression qu'elle est collée à moi comme une méduse.

Depuis le début de l'année, elle ne m'a pas lâchée d'une semelle. Elle ne me quitte pas des yeux une seconde. Au début, ce n'était pas grave, mais maintenant c'est devenu comme un cauchemar.

– Tu ne crois pas que tu exagères ? a demandé ma mère. Après tout, si cette fille n'est pas ton amie, tu n'as qu'à prendre un peu de distance. Dis-lui que tu préfères rentrer seule chez toi. Fais-toi accompagner par quelqu'un d'autre. Et ne t'occupe pas de ses vêtements. De toute façon, si tu veux mon avis, tu t'habilles tellement mal qu'elle arrêtera bien d'elle-même de te prendre pour modèle. Regarde-toi ma pauvre fille : on dirait que tu as volé un vieux pull de ton père !

Pauvre maman... C'est exactement ce que j'avais fait, voler un vieux pull de mon père. Il n'y a rien de plus chic en ce moment. Les parents n'ont vraiment aucune idée de la mode. Ma mère comme les autres.

– Tu as raison, lui ai-je dit, à la fois pour qu'elle arrête de me faire la morale et par sincérité. Je vais m'arranger pour qu'elle soit obligée de se trouver d'autres amis.

Quand je me suis réfugiée dans ma chambre, j'étais un peu rassurée. Je n'ai pas sorti de mon cartable les exercices d'Aliénor. J'ai pris une feuille blanche et j'ai essayé de les faire toute seule. Évidemment, j'ai été lamentable. Il m'a fallu presque deux heures pour tout rater. Mais je me suis endormie avec la conscience tranquille.

« Demain, me disais-je tandis que le sommeil me montait des pieds à la tête, demain je lui dirai que nous devons nous éloigner l'une de l'autre. »

Évidemment, le lendemain, je n'ai rien osé dire à Aliénor. Mais à la récréation de dix heures, je me suis approchée du groupe des garçons en feignant de traîner là par hasard jusqu'à ce qu'Éric me remarque. Peut-être bien qu'il est amoureux de moi parce qu'il a aussitôt interrompu sa conversation avec ses copains et qu'il est venu vers moi.

– Je regrette de t'avoir fait de la peine hier, m'a-t-il dit en baissant légèrement la tête.

– Ce n'est rien. Moi, je regrette d'avoir refusé que tu me raccompagnes. C'est un peu pareil.

– Oui, c'est un peu pareil.

Il ne m'a pas proposé à nouveau de faire la route avec lui. Je ne dirais pas que mon cœur s'est brisé. Non. Il s'est seulement cassé en mille morceaux et il a dégringolé dans ma poitrine, si vous voyez ce que je veux dire. J'ai baissé le nez pour cacher

mon désappointement. C'est alors qu'il a repris :
– Je t'aurais bien accompagnée ce soir mais il faut que je file au judo. Je n'ai pas le temps de faire un détour. Demain, si tu veux...
Mon cœur s'est instantanément recollé et il a repris sa bonne vieille place, en haut à gauche, bien au chaud près de mon poumon.
– D'accord, ai-je fait.
À ce moment béni entre tous, la cloche a retenti. Il était temps de retourner en cours. J'ai regardé autour de moi et à trois mètres de distance, j'ai vu Aliénor, qui me regardait fixement, les bras le long du corps, immobile au milieu de la foule mouvante des élèves. Elle faisait une drôle de tête en me rejoignant. J'ai pensé un moment qu'elle allait me parler d'Éric. Elle voudrait sans doute me poser quelques questions

dont elle utiliserait les réponses plus tard, pour se moquer de lui. Mais non. Elle préférait me parler de maths :

– Tu n'as pas eu de problèmes avec les résultats que je t'ai donnés hier ?

– Non, ai-je répondu, parce que je ne m'en suis pas servie. J'ai essayé de les faire moi-même. D'ailleurs, à partir d'aujourd'hui, je vais me débrouiller toute seule. Et tant pis si c'est mauvais.

J'avais parlé sans intention méchante. Mais une terrible tristesse s'est dessinée sur le visage d'Aliénor, qu'aucune mèche ne venait plus cacher désormais.

– Ah bon, a-t-elle juste remarqué. Si tu préfères...

Quand nous sommes entrées dans la salle de cours, quelque chose s'était cassé entre nous. Je ne savais pas bien quoi, mais je sentais la coupure qui brûlait.

Chapitre 3

La rupture

Toute la matinée, cachée derrière ma trousse, j'ai réfléchi aux différents moyens d'échapper à Aliénor. Quand la cloche de midi a retenti et que nous nous sommes levés pour rejoindre le troupeau des demi-pensionnaires, je me suis précipitée vers Alice.

– Ne me laisse pas tomber, ai-je soufflé dans

son oreille. Reste avec moi pour la cantine. Si je suis seule une minute, Aliénor va me tomber dessus.

– Pas de panique, a fait Alice. Je veille sur toi.

– Merci Alice, tu es vraiment une copine.

Ma copine m'a lancé un regard en coin.

– À ce propos, tu n'aurais pas un franc ou deux dont tu ne sais pas quoi faire ? J'arrive déjà à cinq cent sept francs et cinquante-cinq centimes. Si vous continuez à m'aider, dans trois ans j'aurai environ deux mille francs.

J'ai retourné mes poches pour trouver la monnaie du pain que j'avais acheté la veille. Il ne restait que cinquante centimes.

– Ce n'est pas terrible, mais c'est mieux que rien, a remarqué Alice.

Et elle a glissé la pièce dans la poche de son pantalon.

En piétinant devant la cantine, je m'imaginais mon amie sur son bateau, couverte d'un bonnet de laine grise, le visage fripé par le froid, brisant les glaces polaires. Je la trouvais magnifique d'avoir tant d'avenir si glorieux devant elle.

Tu feras bien attention sur ce fichu bateau, hein ?

– Ne t'inquiète pas, a fait Alice. Tout se passera bien.

– Comment sais-tu que tout ira bien ? Je parie que tu n'es même jamais montée dans une barque !

Alice a secoué les épaules avec mépris. Ses cheveux ont dansé sur ses épaules :

– Je le sais parce que c'est mon destin. Il n'y a rien à craindre de son destin.

Cette fille était l'une de mes meilleures amies. Je l'admirais sans réserve. Mais, franchement, quelquefois je me demandais si elle n'était pas complètement cinglée.

À table, nous avons retrouvé Laura qui pépiait comme une légion de canaris, prenant mille airs gracieux pour attirer l'attention d'un garçon, si jamais l'un de ceux qui peuplaient le collège voulait bien tourner la tête vers elle.
Je me suis penchée vers Alice et je lui ai demandé :
– Penses-tu que le destin de Laura est de trouver un garçon qui soit follement amoureux d'elle ?
– Un garçon ou une foule de garçons, oui, a répondu Alice gravement. Avec les efforts qu'elle y consacre, elle devrait se mettre dans la poche au moins une dizaine de représentants de l'espèce.
– Et moi alors ?
– Oh, toi... Je ne peux pas savoir à ta place ! Ton destin est peut-être d'avoir les cheveux courts.

– Sûrement pas ! Crois-tu que mon destin est d'être collée à vie par Aliénor ?
– Non, il faudrait que le destin d'Aliénor soit de te coller à vie. Et, crois-moi, elle est bien trop bonne en classe pour se satisfaire de si peu ! À mon avis, ton destin est plutôt de nous faire des histoires sans arrêt, en te montant la tête au sujet de filles qui se coupent les cheveux ou de garçons qui te proposent de te ramener chez toi...
Nous avons ainsi bavardé de sujets sérieux jusqu'à une heure et demie. L'après-midi a passé à toute vitesse. Quand la sonnerie de quatre heures et demie a signalé la fin des cours, il a bien fallu que je me décide à rentrer chez moi. Mais comment faire ? Comment faire pour échapper à la trop certaine compagnie d'Aliénor ?
J'ai opté pour la ruse. Je suis allée m'enfermer dans les toilettes des filles. J'ai posé

mon cartable à mes pieds. J'ai fermé la porte à clé. J'ai rabattu le couvercle et je me suis assise. Et là, j'ai attendu. J'ai attendu jusqu'à ce que les couloirs soient entièrement silencieux. Les élèves devaient tous avoir déserté les abords du lycée. Alors je me suis glissée comme une voleuse hors de mon refuge et je suis sortie par la loge de la concierge.

– Eh bien, ma petite fille ? m'a demandé la concierge. C'est à cette heure-ci que tu sors ?

– J'avais perdu ma trousse. Je l'ai cherchée dans toutes les salles de cours. Je crois qu'on l'avait cachée pour me faire une farce.

La concierge a hoché la tête d'un air entendu :

– Ce n'est pas bien malin... Tu l'as retrouvée ?

– Oui madame, merci.

– Tes amis te font des blagues idiotes, a remarqué la concierge. Tu devrais en changer.
Par les rues désertes, j'ai filé jusque chez moi. Je craignais à tout moment de croiser Aliénor. Si jamais elle s'était mis en tête de m'attendre. Mais non, elle avait dû rentrer chez elle. Ce soir-là, en refermant la porte derrière moi, j'étais soulagée. Mais je n'étais pas très fière. La fuite est une solution facile, mais honteuse.

Dans les jours qui ont suivi, j'ai procédé de la même façon. Je trouvais toujours quelqu'un à qui parler pendant les récréations. À la cantine, je ne lâchais plus Alice et Laura d'une semelle. Et le soir... Eh bien, le soir, Éric me raccompagnait. La première fois, il m'avait attendue devant le portail du collège.

– Veux-tu que je porte ton cartable ? m'avait-il demandé.
Et sans attendre ma réponse, il l'avait pris sous son bras. Nous étions partis, moi les mains dans les poches, lui un cartable sous chaque bras. J'aurais dû être fière. En vérité, j'étais embarrassée. Tout le collège pouvait remarquer que nous étions ensemble. Tout le monde pouvait voir que j'avais les mains libres comme une reine fainéante, tandis qu'il portait mes affaires. J'avais croisé les yeux de Laura, révoltée par tant d'injustice. Qu'est-ce qu'ils allaient penser, tous ?
– Ils vont penser que je suis ton copain, m'avait dit Éric avec un petit sourire. Ça t'ennuie ?
Mon visage tout entier avait d'un coup viré au plus beau vermillon.
– Non, pas du tout, avais-je bredouillé. Non, vraiment.

En fait, la seule chose qui m'ennuyait était de ne pas savoir si, oui ou non, Éric comptait devenir mon copain. Ou, en d'autres termes, s'il comptait m'embrasser un jour. Et si oui, quand ? Et comment ? Mais il ne semblait pas pressé. Il paraissait juste très content de me ramener devant ma porte, de me rendre mon cartable et de me faire une bise, là, sur le seuil, en disant simplement :

– À demain, Anne.

– À demain, répondais-je.

J'attendais qu'il arrive au coin de la rue. Il se retournait alors, je lui faisais un signe de la main, et je rentrais enfin, un peu déçue, en me demandant si, oui ou non... Et quand... Et comment...?

Au bout d'une semaine, je lui ai demandé :

– Veux-tu entrer chez moi cinq minutes ?

Il n'a pas répondu. Il m'a juste suivie. Je me suis alors rendu compte que c'était tout

ce qu'il attendait : que je lui propose de venir chez moi. Maman n'était pas encore revenue de son travail.
Alors je lui ai fait visiter : ma cuisine et mon jardin, mon salon et ma chambre. Il avait l'air très content. Nous étions assis dans le jardin, devant un verre de limonade quand il m'a pris la main. Puis il a fixé le bout de ses souliers et il a demandé :
– Anne, est-ce que tu veux sortir avec moi ?
– Ben oui, ai-je murmuré en évitant soigneusement de le regarder.
Alors il m'a embrassée. Aussi simple que cela. On s'en fait toute une montagne, mais, dans le fond, c'est assez simple. Puis, quand il est reparti, tellement content qu'il a failli oublier son cartable et que j'ai refermé la porte sur lui, j'ai éprouvé une sensation d'épuisement. Et je me suis posé deux graves questions : « Va-t-il me

raccompagner tous les soirs chez moi jusqu'à la fin de la vie ? Et si oui, va-t-il falloir que je l'embrasse tous les soirs d'école jusqu'à la fin de ma vie ? »

Le lendemain, à la récréation de dix heures, Alice et Laura m'ont regardée avec une sorte de respect quand j'ai raconté mon histoire.
– Je me demande bien pourquoi il t'a choisie, a remarqué Laura après un instant de réflexion. Je ne trouve pas ça très juste que ça t'arrive, à toi qui ne fais aucun effort.
– C'est son destin, a dit Alice. Si tu faisais moins d'efforts, Laura, peut-être que ça t'arriverait aussi.
– Si j'arrêtais de me coiffer par exemple ? a demandé Laura qui plissait les yeux d'inquiétude.
– Oh, ai-je fait avec une certitude toute neuve, inutile de se casser la tête. Laura est

très bien comme elle est. Ça nous arrivera à toutes, un jour ou l'autre. Même à Alice, tu verras.
– Pffff, a sifflé Alice. Je m'en fiche complètement, si tu veux savoir. Je ne tiens pas vraiment à m'encombrer d'un garçon pour aller au pôle.
Ramollie par tous ces événements et par la considération de mes deux amies, j'ai relâché un instant ma vigilance et je me suis éloignée pour faire un petit tour de cour. Je n'avais pas fait trois pas que j'ai entendu une voix glisser à mon côté :
– Même à moi ? a murmuré Aliénor. Tu crois que ça m'arrivera même à moi !
Elle me regardait d'un air lamentable. Celui qu'ont les gens quand ils sont tellement déçus par votre attitude qu'ils ne vous font même plus de reproche.
– Bien sûr, ai-je grommelé. Puisque tu nous

espionnais, tu as bien dû entendre ce que je disais. J'ai dit : tout le monde.

– Oui, mais peut-être que je ne suis pas, comme tout le monde a fait Aliénor. Quelqu'un qui n'est même pas capable de garder l'amitié d'une fille n'a sans doute aucune chance de gagner l'amour d'un garçon.

Pour une fois, elle ne souriait plus du tout. Elle avait ployé le cou, comme une personne très fatiguée. Elle semblait tombée dans un gouffre de malheur. J'imagine qu'elle espérait que j'allais m'y plonger, moi aussi.

Mais non. Il ne fallait pas compter sur moi pour la suivre. J'étais seulement furieuse. Parce que, s'il y a une chose qui est au-dessus de mes forces, c'est de devoir supporter la tristesse de quelqu'un d'autre. Au début, je me sens coupable et mal à l'aise. Puis, rapidement, la colère me monte au

nez. Je ne veux pas qu'on m'oblige à partager tout ce malheur que trimballent les gens, quelquefois.
– Oh ça suffit, ai-je dit sèchement. Arrête de jouer les malheureuses.
– Pourtant je n'y arrive pas, moi, à me faire des amis...
– Eh bien, je n'y peux rien. En tout cas, ce n'est pas en t'habillant et en te coupant les cheveux comme moi, que tu y arriveras. Tu n'as qu'à t'intéresser à d'autres personnes. Tu n'as qu'à te débrouiller. Je ne peux rien faire pour toi.
Aliénor m'écoutait sans répondre. Elle se laissait attraper comme une gamine, incapable de riposter. Je me dis avec horreur qu'elle aimait sans doute mieux qu'on lui dise des méchancetés plutôt que rien.
– Aliénor, j'en ai marre de toute cette histoire. Franchement, je préfère que nous ne

soyons plus copines du tout, ça sera plus simple. J'ai déjà Alice et Laura dans ma vie, alors...
– Oh, ça va, m'a-t-elle interrompue. J'ai compris. Salut.
Et elle a filé devant moi, courant presque vers la salle de classe. Je suis restée un instant toute seule dans le brouhaha de la cour. Je venais de me débarrasser d'Aliénor. Je venais de retrouver ma précieuse indépendance. J'ai respiré un grand coup.

Chapitre 4

Trois destins contrariés

J'avais cru que ma brouille avec Aliénor allait ouvrir pour moi une longue période de calme et de stabilité. Durant deux jours, en effet, j'ai éprouvé un grand sentiment de paix. Et puis les événements se sont précipités. Des événements stupéfiants, des événements imprévisibles.

Tout a commencé par Laura. Trois jours après l'explication destinée à me simplifier la vie, elle est arrivée en retard en classe, les cheveux en pétard, le gilet boutonné de travers. Elle nageait dans un état d'excitation très inhabituel. Pendant les deux premières heures de cours, elle n'a cessé de nous bombarder, Alice et moi, de regards écarquillés et de grimaces exaspérées. Un petit papier plié en quatre a fini par arriver sur ma table, porté par la chaîne complice de nos voisins. Je l'ai déplié et j'ai lu : *« Il m'arrive un truc incroyable. Rendez-vous à la récré. Signé Laura ».* Les cheveux décoiffés, les habits en désordre, et maintenant un billet : rien de tout cela ne ressemblait à notre Laura ordinaire, si douce et si délicate qu'elle en paraissait parfois transparente. Il devait se passer quelque chose de réellement exceptionnel.

Quand la cloche a sonné, j'ai bondi de ma chaise et j'ai foncé dans la cour, le cœur battant. Laura et Alice m'y avaient précédée.
– Figurez-vous, a quasiment hurlé Laura, trépignant sous le marronnier, figurez-vous que mon père vient d'être nommé pour six mois sur une base esquimaude, au bord de l'Arctique. Il va étudier le climat et il nous emmène, ma mère et moi.
– Toi ? a fait Alice en serrant les poings. Toi, tu pars au pôle ?
– Ben oui, moi, a dit Laura avec un détestable sourire narquois. Je sais que ça a l'air complètement idiot, mais c'est comme ça.
– Et l'école ? ai-je demandé. Comment vas-tu faire pour suivre les cours ?
– Oh, mes parents sont profs tous les deux. Ils vont s'arranger pour que je sache ce qu'il faut savoir. Mon père prétend que, de

toute façon, j'en apprendrai dix fois plus chez les Esquimaux qu'au collège.

– Je n'en reviens pas, répétait mécaniquement Alice avec un air de totale incompréhension. Je n'en reviens pas. Les choses ne devaient pas du tout se passer de cette façon. Comment vas-tu faire pour te trouver un fiancé là-bas ?

– Pas de problème, a répondu Laura. Je trouverai un fiancé esquimau.

– Sans doute, a fait Alice qui semblait en douter profondément. Et tu pars quand ?

– À la fin du trimestre.

Nous la regardions toutes les deux, envieuses, cette Laura qui paradait, pétillante d'impatience à l'idée de son prochain départ.

– Je ne vous oublierai pas les filles, a-t-elle dit, pour ajouter une touche finale à sa gloire et à notre dépit. Je vous écrirai. Après tout, six mois, c'est vite passé !

Alice et moi sommes retournées en classe avec une certaine lassitude.
– Ma chère Alice, ai-je remarqué, je crois bien que nous avons perdu notre Laura.
– C'est son destin, a murmuré Alice.
Je n'ai pas eu le courage de lui rire au nez.

Pendant quinze jours, j'ai été très préoccupée par la perspective du départ de Laura. Tellement préoccupée que je n'ai pas remarqué ce qui arrivait à Alice. J'avais bien noté, en passant, qu'elle apportait un soin inhabituel à ses vêtements. Qu'elle avait parfois de petits mouvements gracieux qui n'étaient pas du tout dans ses manières. Qu'elle arborait des sourires mystérieux en passant dans les couloirs, tournant la tête à droite et à gauche comme si elle s'attendait à tout instant à rencontrer des regards admiratifs. Quand je pense que je n'avais rien deviné...

Laura n'en finissait pas de nous dire au revoir, avec des yeux pleins d'aurores boréales, de champs de glace et de pingouins, quand Alice m'a convoquée sous le marronnier.

– Anne, m'a-t-elle dit gravement, j'ai une grande nouvelle pour toi.

Déjà ébranlée par l'aventure de Laura, je me suis sentie tout d'un coup très inquiète.

– Oui ?...

– Eh bien voilà, je suis amoureuse de Bruno Lefèvre, a déclaré Alice en fronçant le sourcil.

– Le copain d'Éric ?

– Exactement.

Un bref instant, j'ai été soulagée :

– Ah bon... Ce n'est que ça ?

– Non. C'est beaucoup plus : Bruno Lefèvre est amoureux de moi. Nous sommes complètement amoureux tous les deux. J'ai d'abord pensé que nous allions nous enfuir tout de suite ensemble, mais il préfère attendre que nous ayons l'âge de nous marier. Je me suis renseignée à la mairie : je peux me marier à seize ans. Alors, nous avons commencé à attendre. Plus que quatre ans avant de ficher le camp. J'ai fait le calcul : j'ai cinq cent treize francs et dix centimes. Tu n'aurais pas sur toi les cinquante centimes de la monnaie du pain, par hasard ?

J'avais un franc pour acheter des bonbons. Je le lui ai donné, évidemment.

– Merci, m'a dit Alice. Je ne t'oublierai jamais.

Comme à son habitude, elle parlait avec un grand sérieux. Avec un si grand sérieux que je me suis rendu compte que je venais de perdre ma deuxième copine, emportée par le tourbillon de la passion. Je n'avais aucune idée du temps qu'allait durer ladite passion. Mais qu'importe ! Pour le moment, ma place dans le cœur d'Alice venait de se réduire considérablement au profit d'un type que je connaissais à peine.

Le soir, à la sortie des cours, quand j'ai vu Éric s'avancer vers moi, j'ai ressenti comme un pincement d'appréhension au creux du ventre. « Oh mince, je l'avais oublié celui-là » : voilà ce que je me suis dit, malgré moi, dans le secret de mon âme. Et quand il a tendu la main vers mon cartable, comme tous les soirs, j'ai lancé brusquement :

– Ah non, ce soir c'est moi qui porte mon cartable !

Éric m'a adressé un regard stupéfait :

– Comme tu veux. Il y a quelque chose qui ne va pas ?

– Non, tout va bien.

Nous avons avancé, sans mot dire, sur le chemin du retour. En réalité, tout n'allait pas bien, loin de là. Je marchais tristement, en pensant à mes deux amies en route vers leur destinée et à ma nouvelle solitude. Il fallait bien que je me l'avoue : la compagnie d'Éric ne pourrait jamais remplacer celle d'Alice et de Laura. Il devenait même un peu encombrant, à m'accompagner tous les soirs, comme s'il n'y avait rien de plus normal au monde que de faire la route ensemble jusqu'à la fin de nos jours... Je n'avais même plus du tout envie de l'embrasser. Ce qui était si intéressant au début était devenu très ennuyeux. Voulez-vous que je vous dise ? À ce moment-là de ma vie, je n'aimais plus du tout Éric.

– Mais enfin, tu es devenue folle ? m'a crié un peu plus tard Alice au téléphone.
Confortablement assise dans le fauteuil du bureau, j'ai un peu éloigné le combiné de mon oreille.
– Il est bien, ce garçon, a continué Alice. La moitié des filles de l'école est amoureuse de lui. Quant à l'autre moitié, elle n'a pas encore remarqué que les garçons existent. Il est grand, il est beau, il est gentil...
– Et alors ? Si je ne l'aime pas, moi ? Si je préfère être tout seule ?
Alice a beaucoup d'esprit. Aussi, elle n'a pas insisté.
– Bon, dans ce cas, il faut que tu le lui dises. Mais je n'aimerais pas être à ta place, ma pauvre fille. À propos, veux-tu savoir combien d'argent j'ai ce soir ?
– Non Alice, merci. Tu me le diras demain. Ça ne m'empêchera pas de dormir.

Et j'ai raccroché le téléphone.
– Qu'est-ce que c'est que tous ces palabres ? a demandé ma mère en surgissant soudain dans le bureau. Il se passe quelque chose ? Tu as de nouveaux soucis ?
Elle espionnait, j'en suis sûre, ses grandes oreilles déployées comme des radars derrière la porte. Je ne lui ai pas répondu. Je me suis levée de mon fauteuil et je suis sortie dignement du bureau pour aller pleurnicher dans ma chambre.

Le lendemain matin, j'avais très mal au ventre. Toute la nuit, ou presque, j'avais réfléchi à ce que je dirais à Éric. Il fallait que je lui annonce que tout était fini entre nous. Il le fallait. Il le fallait. Malheureusement, je devais bien m'avouer que je n'oserais pas. Et si jamais il avait l'air triste ? Et si jamais il avait l'air furieux ? Et si jamais il m'envoyait une claque ? Ah, misère ! Pourquoi étais-je sortie avec lui, si ce n'est pour faire la maline devant des traîtresses qui m'avaient plantée là pour vivre leur destinée ?

J'ai trouvé la solution sur le chemin de l'école. Puisqu'il était hors de question que je m'adresse directement à Éric, je parlerais à son copain Bruno. Ensuite, Bruno s'expliquerait avec Éric. Et c'est lui qui prendrait la claque.

J'étais en avance au collège. J'ai attendu Bruno en espérant de tout mon cœur qu'Éric n'arriverait pas avant lui. Quand Bruno est arrivé, suivi de près par Alice, je l'ai attrapé par le bras :

– Hé Bruno, ai-je fait, j'ai un truc important à te dire...

Bruno m'a lancé un coup d'œil plein de reproches.

– Je sais. Alice m'a tout raconté.
– Bruno, il faut que tu le dises à Éric. Moi je ne pourrai jamais...
Et j'ai filé en cours. À la récréation, planquée à bonne distance derrière un pilier du préau, je les ai observés qui parlaient tous les deux. Bruno semblait très animé. Éric restait très calme. À un moment, il a levé la tête. Quand il m'a eu repérée, il est venu vers moi. Je me sentais tellement misérable que je n'ai pas cherché à me cacher plus longtemps.
– Tu aurais pu avoir le courage de me l'annoncer toi-même, tu ne crois pas ?
J'ai baissé le nez sans répondre.
– Tu n'as pas peur de moi au moins ? a-t-il ajouté.
J'ai secoué la tête.
– Alors ne boude pas. On peut rester des amis. Quand tu auras envie de me parler,

tu viendras me trouver. Tu connais mon adresse : cour de récréation du collège, entre le préau et les marronniers.
– Tu n’es pas triste ? ai-je demandé d’une voix lamentable.
– Si, mais tant pis pour moi. Je me consolerai. Et puis, des filles, il y en a deux cents au collège.
– Oui, bien sûr...
– Alors, adieu, fille cruelle !
Il était drôlement beau, si vous voulez mon avis, souriant dans le matin. Je lui aurais bien sauté au cou. Mais trop tard. Il m’a tourné le dos, sans une larme, sans une claque, et il a rejoint son groupe de copains et Bruno, et Alice qui avait maintenant sa place parmi eux. Je suis restée seule. Faites le compte. Plus d’amies, plus de petit copain : ma destinée commençait sérieusement à sentir le brûlé.

Chapitre 5

Prise au piège

Et Aliénor dans tout ça ? Aliénor était bien la seule pour laquelle les prédictions d'Alice semblaient s'avérer justes : elle était tellement bonne en classe que je commençais à me dire qu'elle avait peut-être rencontré son destin.
Je n'étais pas la seule à le penser. Tous les profs, sans exception, lui parlaient avec une

sorte de respect. Comme si, en dépit de son jeune âge, elle était l'une des leurs et non une pauvre petite élève, un peu niaise et bien aimable, comme ils en rencontraient des centaines au cours de leur carrière. Je n'aurais pas été étonnée qu'elle se précipite avec eux dans la salle des profs à l'heure de la récréation. Elle y aurait sûrement été plus à l'aise que dans la cour où elle traînait, seule et désœuvrée, au milieu des groupes de jeunes.

Pour mon compte, je n'étais maintenant ni moins seule ni moins désœuvrée qu'Aliénor. Après la perte de Laura et d'Alice, après celle d'Éric, je n'avais pas le goût de me faire de nouveaux amis. Je ne trouvais plus les mots qu'il fallait pour parler à des étrangers. Je n'avais rien d'intéressant à leur dire.

Je n'avais pas cherché non plus à reparler

à Aliénor. Elle s'était fondue dans la masse anonyme des « autres ». C'est donc par la rumeur que j'ai appris ce qui lui arrivait.
– Tu sais qu'Aliénor va changer de collège ? m'a demandé Bruno un jour. Elle est tellement forte que le directeur veut l'envoyer dans un super lycée. Notre collège n'est pas assez bien. Nous sommes trop nuls pour elle.
– Qui t'a raconté ce bobard ? C'est elle ?
Bruno a haussé les épaules :
– Oh non, tu sais bien qu'elle ne parle à personne. C'est Alice. Elle traînait à la bibliothèque pour préparer son exposé quand elle a entendu la prof de maths en parler à la documentaliste. Il paraît qu'elles avaient l'air très excitées toutes les deux. Elles répétaient qu'Aliénor devrait passer des concours, qu'elle pourrait devenir la

plus forte du département, de la région, de la France peut-être !
Aliénor, championne de France des bons élèves... Voilà qui lui allait comme un gant.
Avertie, je l'ai observée avec attention.
Effectivement, depuis quelques semaines, elle bougeait parmi nous avec l'air modeste et désabusé d'une reine injustement condamnée à évoluer parmi un troupeau d'imbéciles. Le troupeau de pauvres demeurés que nous composions, nous, les élèves normaux.
Il lui arrivait maintenant couramment d'aller discuter avec les profs, à la fin des cours. Le directeur lui disait bonjour aimablement quand il la croisait dans les couloirs, comme s'il n'avait qu'une seule élève dans son établissement. Moi, par exemple, il ne me saluait jamais.
– Cette fois, c'est sûr, me glissa plus tard

Alice, cette glu d'Aliénor a rencontré son destin...
En tout cas, il était clair que le succès scolaire de notre petit génie ne lui avait pas encore apporté un seul ami. Même pas la moitié d'un. Elle pouvait nous mépriser du haut de sa splendeur, elle était toujours aussi seule. Mais je me disais qu'elle n'en avait plus rien à faire : elle allait devenir l'amie de tous les profs du monde. Je m'imaginais qu'il n'en fallait pas plus pour faire son bonheur.
– Anne, parfois tu es une idiote humaine, me disait de temps en temps Laura, avant qu'elle ne parte faire sa vie dans les neiges infinies de l'Arctique.

Nous étions à la fin du printemps. L'air tiède sentait la poussière et le lilas. L'herbe avait envahi les terrains vagues. Le troisième

trimestre s'annonçait doux, tranquille et solitaire.
Un mercredi après-midi, en revenant de la natation, j'ai senti rouler dans mon âme une grande vague de nostalgie. Mon chemin longeait le chantier de l'église. J'ai jeté un regard par-dessus la barrière, et le souvenir de tous les bons moments passés là avec Alice et Laura m'a explosé dans le cœur comme une bombe de tristesse. Comme des éclats de verre, mille regrets se sont fichés en moi. Les ouvriers n'avaient pas avancé leur travail et les ruines à moitié effondrées étaient toujours là, pleines de mystère, dressant leur ombre dans la lumière de l'après-midi. Le panneau « Chantier interdit » barrait toujours l'accès, laissant juste un étroit passage aux curieux et aux imprudents. Je n'ai pas résisté. J'ai voulu revoir une dernière fois notre salle poussiéreuse et

nos gravats. Bientôt, l'église serait totalement détruite pour laisser place à des immeubles, et mes souvenirs disparaîtraient avec elle, emportés par le temps et les bulldozers.

J'ai tourné la tête à droite, à gauche. Les alentours étaient déserts. Je me suis glissée derrière la barrière, j'ai traversé l'église et j'ai gagné notre bâtiment. Pleine d'excitation, je suis allée m'asseoir à notre place. On aurait dit que la poussière avait conservé l'empreinte de nos fesses, dessinant des sièges blancs là où nous nous étions si souvent assises.

Ne sachant que faire, j'ai voulu me remémorer les temps anciens du début de l'année et réfléchir en paix à des questions importantes comme le destin, l'amitié ou la solitude. J'ai donc entouré mes jambes de mes bras, j'ai posé mon menton sur mes genoux et j'ai essayé de penser... Hélas, il faut avouer qu'aucune idée ne m'est venue à l'esprit. En dépit de mon désir de réfléchir, j'avais la tête aussi vide que celle d'un poussin qui vient d'éclore. C'est triste à dire mais, au lieu de me désoler, je m'ennuyais. Mon regard est allé se perdre dans les effondrements de notre petite salle. Du plafond crevé, des poutres pendaient à demi, ouvrant des trous par lesquels s'engouffrait la lumière.

Tiens, il y avait au fond de la salle un recoin que nous n'avions jamais exploré. Qu'est-ce qui pouvait se cacher par là ? Une autre pièce ? Intriguée, je me suis levée et je suis allée voir, enjambant les pierres et les morceaux de bois qui encombraient le sol. Pour accéder au recoin, il suffisait de pousser le tas de planches qui barrait l'entrée. Je me suis donc appuyée sur l'obstacle, j'ai poussé, j'ai glissé. Et, dans un bruit d'enfer, un monceau de lourds débris a dégringolé tout autour de moi.

Encore heureux que j'aie eu le réflexe de me protéger la tête ! Mes bras étaient maintenant couverts de bleus et d'égratignures. Mais ce n'était pas le plus grave. Ce qui l'était vraiment, c'est que je me retrouvais allongée au sol, les deux jambes coincées par un amas de planches et de pierres. Je tentai de remuer mais je me rendis tout de suite compte que j'avais intérêt à rester tranquille : c'est tout un pan de plafond qui risquait maintenant de s'effondrer sur moi si je déplaçais d'un seul centimètre l'enchevêtrement instable qui s'était accumulé au-dessus de ma tête !

« Si je ne bouge pas, tout restera peut-être à sa place », ai-je pensé. Peut-être. Rien ne m'assurait en effet que les gravats n'allaient pas glisser d'eux-mêmes, sans que je bouge même un cil, et me recouvrir d'un coup... J'étais tellement en colère contre moi que, dans un premier temps, je n'ai pas pensé à avoir peur. Pourquoi étais-je allée me fourrer dans ce guêpier ? Je savais qu'il était interdit et dangereux de jouer sur le chantier. Pourtant, j'étais entrée, seule. Et, au lieu de me tenir à carreau, je n'avais rien trouvé de mieux que de chatouiller ce vieil édifice tremblant, tout prêt à s'écrouler à la première chiquenaude.

Combien de temps faudrait-il pour que ma mère se rende compte que j'avais disparu ? Combien de temps pour que la police me retrouve sous mon tas de cailloux ? Et je n'osais pas penser à ce que j'allais prendre quand on m'aurait retrouvée... Si on me retrouvait bien sûr. Si je n'étais pas écrasée sous le poids de ma sottise et des ruines de l'église.

Je commençai à sentir grimper en moi une peur horrible. Je pensai un instant à crier, mais c'était inutile : il était peu probable que l'on m'entende couiner de la rue. Je n'avais plus qu'à attendre, et à prier. Moi qui étais venue là pour réfléchir, j'étais servie. J'avais tout le temps de penser désormais. J'avais peut-être même l'éternité.

J'étais épuisée de découragement quand j'ai entendu, non loin de moi, un pas léger. Un instant, j'ai hésité à crier. Après tout, je ne savais pas qui était là. Un rôdeur peut-être. Un criminel. Mes lamentables déboires avaient fini par me rendre craintive. Mais je n'eu pas besoin d'appeler. Le pas se rapprocha et j'entendis une voix claire me lancer :
– Chacun son tour de se retrouver dans une mauvaise situation !

Je levai les yeux et je reconnu, à quelques mètres de moi, la silhouette familière d'Aliénor, ses cheveux trop courts, son pull trop vaste.

– Aliénor, murmurai-je faiblement, Aliénor, tire-moi de là.

– J'arrive, fit Aliénor en avançant prudemment, déplaçant les obstacles devant elle avec une précaution de démineur.

Je m'apprêtais à lui tendre les bras. Mais quand elle fut à un mètre de moi, Aliénor s'assit sur une grosse pierre et me contempla d'un air songeur.

– Je me demande, fit-elle, si j'ai très envie de te sortir de ton trou.

– Ne fais pas l'andouille ! Ce truc va s'effondrer sur ma tête d'un moment à l'autre...

– Tu exagères toujours, ricana Aliénor sans bouger d'un pouce.

Elle me regardait avec une ironie cannibale.

– Aliénor, par pitié, aide-moi. Je n'arriverai pas à m'en sortir seule !

– Eh bien, fais un petit effort.

– Aliénor, ce n'est pas drôle...

– Oh ! si, c'est drôle. Très drôle même. Je me demande si je me suis déjà autant amusée de ma vie.

Elle se frottait les mains avec satisfaction. De seconde en seconde, elle avait l'air plus étrange.

– Oh, mince ! murmurai-je. Elle est complètement dingue.

Je me rendais compte avec horreur que j'ignorais tout d'Aliénor. Moi qui croyais la connaître par cœur, je ne savais absolument pas ce qui pouvait bien lui passer par la tête. Elle me haïssait sûrement. Elle avait peut-être froidement décidé de me laisser là. Pire, elle attendait que le plafond s'écroule sur moi. Pourvu qu'elle ne pense pas à

l'aider, en balançant par exemple un coup de pied dans une planche...
Mon esprit s'est mis à penser à toute vitesse. Comment fait-on pour s'adresser à quelqu'un qui a perdu la tête ? Quel genre d'argument utilise-t-on ? Que lui promet-on ? Je décidai d'essayer le repentir et l'humilité.
– Aliénor, implorai-je d'une voix tremblante, si je t'ai fait de la peine, pardonne-moi. Je suis une égoïste. Je regrette. Mais, s'il te plaît, ne cherche pas à te venger. Pas maintenant. Je suis coincée, j'ai peur, j'ai mal et...
– Qu'est-ce que tu veux que ça me fasse ?
Je fermai les yeux. Cette fois, c'en était fini de moi. Elle n'avait qu'à se lever, partir et m'abandonner. Un jour, on me retrouverait, complètement écrabouillée. Et personne ne la soupçonnerait. Jamais.

C'était vraiment trop injuste. La rage m'a prise, d'un coup. J'ai hurlé :
– Va-t'en ! Je préfère mille fois rester ici plutôt que d'être sauvée par toi. Tu me dégoûtes. La seule chose que je regrette, c'est de t'avoir parlé un jour. J'aurais mieux fait de marcher sur une vipère.
– Ah, a soupiré Aliénor avec une mimique de soulagement, enfin un peu de franchise dans ce monde de traîtres !
Elle s'est relevée. J'ai cru qu'elle allait me tourner le dos. Mais elle a retroussé ses manches, elle a inspecté le plafond, comme si elle évaluait la stabilité des poutres et des planches. Puis elle a commencé à débarrasser le terrain tout autour de moi. Muette, je la regardais faire. Au bout de cinq minutes, elle était couverte de poussière et elle avait déchiré la manche de sa chemise.

– Je vais soulever les planches qui te coincent les jambes, m'a-t-elle dit enfin. Tu rouleras sur le côté. Fais vite, c'est lourd.

Elle a rassemblé toutes ses forces et soulevé le tas de bois. Je me suis glissée prestement vers elle. Quand elle a relâché les planches, j'étais libre. Complètement ankylosée, je me suis levée péniblement.

– Tu es complètement cinglée d'être allée te fourrer dans ce piège, m'a-t-elle lancé. Tu as de la chance que je t'aie vue entrer sur le chantier.

Elle essuyait sur son pantalon ses mains pleines de poussière.

– Je te croise tous les mercredis, a-t-elle ajouté. Quand tu rentres de la piscine, je reviens du piano.

Je tremblais encore, de peur et d'énervement :

– Je suppose que je dois te dire merci ?

– Non, surtout pas. J'ai eu vraiment envie de te laisser moisir ici. Et même de balancer un coup de pied dans une planche...
– Et qu'est-ce qui t'a arrêtée ?
– Oh, a-t-elle dit négligemment, je ne suis pas un monstre. J'ai été assez contente de te faire peur. Tu as bien cru que j'étais dingue, non ?
– Oui. Et je me demande toujours si... Mais dépêchons-nous de filer d'ici. J'ai l'impression que tout va nous tomber dessus.
Nous avons couru. Bien nous en a pris parce que, au moment où nous quittions le chantier, un grand fracas s'est fait entendre parmi les ruines.
– Ça y est, a constaté Aliénor, il est tombé.
J'ai frissonné :
– Il s'en est fallu de quelques secondes !
– À peine, a-t-elle approuvé.
Et elle s'est tournée vers moi avec son

grand sourire anthropophage. Je n'ai pas demandé mon reste. J'ai pris mes jambes à mon cou.

Je n'ai jamais reparlé à Aliénor. Elle me regardait parfois avec une grimace moqueuse. Mais c'était bien là le seul signe de complicité qui demeurait entre nous. Au cours du trimestre, ses cheveux ont repoussé suffisamment pour qu'elle se fasse des couettes. Un matin, j'ai remarqué qu'elle portait des boucles d'oreilles, comme Sarah avec laquelle elle semblait s'entendre à merveille et avec qui elle rigolait maintenant à longueur de récréations.

Le dernier jour de l'année, il pleuvait. Je n'étais pas mécontente de quitter le collège et de partir pour deux mois de vacances. J'avais hâte de me faire de nouveaux amis de l'été et de vivre des aventures inédites. Le soir venu, je quittai donc le collège sans attendre. Je n'avais aucune envie de discuter devant les portes sous la pluie battante.

Je filais en douce, quand j'ai senti qu'on me tapait sur l'épaule. Je me suis retournée.

– Je voulais te dire au revoir, m'a dit Aliénor. Je change de collège l'année prochaine. Je ne crois pas qu'on se reverra.

– Ce n'est pas plus mal, ai-je dit avec sincérité. C'était compliqué entre nous.

– Compliqué ? Infernal, tu veux dire.

Elle m'a fait un clin d'œil. J'ai rigolé. Elle a ri à son tour. Puis elle est partie de son côté. J'allais reprendre ma route quand on m'a appelée.

– Eh ! Anne ! a lancé Éric, les cheveux tout dégoulinants de pluie. C'est le dernier jour de classe, et je pensais que...

Un grand rayon de lumière est venu percer le ciel de plomb.

– ... que je pourrais t'accompagner jusque chez toi.

– Formidable !

D'un geste rapide, j'ai attrapé son cartable.

– Allons-y, ai-je dit, un cartable au bout de chaque bras. On goûtera dans la cuisine.

Éric a mis les mains dans ses poches et il m'a suivie en chantonnant. Nous sommes passés devant un chantier où s'affairaient des grues et des bétonneuses.

– Il paraît qu'on va construire un gymnase à la place de l'église, a remarqué Éric. Ça va changer le paysage.

– Tant mieux ! Je trouve que les ruines ont quelque chose d'effrayant.

– Vous, les filles, a-t-il lancé, vous avez toujours peur de tout !

J'allais lui répondre vertement, mais à ce moment-là, le ciel s'est franchement dégagé. La lumière a inondé la rue. Nous étions arrivés et j'ai ouvert la porte de la maison.

Si tu souhaites
découvrir un autre auteur,
voici les premières pages de

Samia la rebelle
un roman de Paula Jacques

Par un jour vide comme une noix pourrie, je me suis assise dans le ventre de la barque et j'ai vu venir au loin la personne qui allait changer ma vie.
On était au mois d'avril. Les eaux du Nil faisaient entendre leur roulement monotone. Il faisait une chaleur à rôtir les alouettes dans le ciel, à plonger et à nager jusqu'à la

rive. Et justement, sur la rive, en contrebas de la corniche, j'ai vu arriver une femme habillée tout en blanc, avec des lunettes de soleil. Un homme, portant une sacoche à l'épaule, l'accompagnait. Ils descendaient vers la berge. Là se trouvait amarré un vieux canot creusé dans un tronc d'arbre, à côté de la felouque de l'oncle Taher qui embarque des touristes, le soir.

Aucune personne sensée ne se risque sur le fleuve à l'heure la plus chaude du jour. Aussi, le manège de ces deux-là m'a intriguée. J'ai d'abord pensé à un couple d'amoureux promenant leurs fiançailles au bord de l'eau pour discuter de leur bel avenir et, si ça se trouve, se donner un petit baiser. Mais elle paraissait beaucoup plus vieille que lui. Quarante ans au moins. De plus, elle venait du monde des riches, avec une robe à l'européenne, très pincée à la taille ; lui, malgré son costume couleur kaki, la couleur des fonctionnaires, ressemblait à un fils du peuple. Il était petit, râblé, avec des mains semblables à un gigot de mouton pendu au bout de chaque bras.

Il a vu que je le regardais et il a brandi un mouchoir. Il s'est épongé le front avec rage comme s'il était en colère contre sa sueur. Puis il a fait des gestes. De grands gestes avec ses grosses mains rouges :

– Hé toi, là-bas, la fille du pêcheur, secoue tes puces ! Décroche l'ancre. Prends les rames, approche. Où est ton père ? J'ai deux mots à lui dire.

En voilà des façons ! Je me suis mise à crier moi aussi :

– Je ne décroche pas l'ancre, je ne prends pas les rames, je n'approche pas. Que voulez-vous à mon père ? Il n'a rien fait

de mal. Il a travaillé toute la nuit puis il est parti au marché vendre son poisson. Il n'y a personne que moi !
– Tu mens, a dit l'homme, c'est inadmissible. Je suis officier du fisc.
Le fisc ? C'est un de ces mots qu'on ne peut entendre sans trembler. Je me suis sentie petite et seule, et j'ai pensé à ma mère dormant au cimetière du Caire, loin, très loin de moi. On dit que les morts entendent la voix des êtres aimés qui en appellent à leur protection. Mais le bruit de l'officier du fisc couvrait ma prière. Et ce que je craignais s'est produit. Le petit bonhomme a sauté dans le vieux canot et, lourdement, la dame l'a suivi. Il a attrapé les rames et, après avoir bien oscillé et manqué de tomber à l'eau, il s'est rangé le long de la barque.
– Laisse-moi monter à bord, ou tu t'en

mordras les doigts. Tu m'entends, la fille du pêcheur ?
Mon petit nom est Samia mais tout le monde m'appelle « la fille du pêcheur ». C'est comme ça chez nous : une fille appartient à son père tout le temps où elle habite sous son toit. Le toit de mon père consiste en une vieille bâche tendue au-dessus d'un bateau long de sept mètres et large de trois. Ce bateau est à la fois notre gagne-pain et notre foyer. Tout ce que nous possédons est contenu à l'intérieur, entre les limites de ce fleuve où mon père, et avant lui mon grand-père, ont ouvert les yeux sur le monde. De père en fils, les pêcheurs passent leur vie sur l'eau. Cela leur paraît normal. Autrefois, tous les hommes vivaient dans l'eau. Ils avaient des nageoires à la place des bras et pas plus de conscience que les algues et les poissons.

Extrait

L'ingénieur du Nilomètre*, celui que nous emmenons parfois cueillir des jacinthes d'eau, me l'a appris. Un jour, les hommes sont sortis de la mer des origines pour conquérir la terre nourricière. Pour la meubler. De villes et de villages, de mosquées, de magasins, de cinémas. Pour élever des troupeaux, planter des arbres, ensemencer des champs. Notre champ à nous, les pêcheurs, c'est le Nil.

* Bâtiment où l'on mesure le niveau du Nil.

Dans la même collection

Copie double
de Marie Desplechin

Samia la rebelle
de Paula Jacques

Un tueur
à ma porte
d'Irina Drozd

La peur de ma vie
de Marie-Aude Murail

Ce n'est pas de ton âge !
de Brigitte Smadja

Moi le zoulou
de Marie-Aude Murail

Le garçon qui se taisait
d'Irina Drozd

Maldonada
de Florence Reynaud

Devenez populaire
en cinq leçons
de Marie-Aude Murail

Le défi de Serge T.
de Marie-Aude Murail

Écoute-moi !
de Régine Detambel

Mon grand petit frère
de Brigitte Peskine

Coup de foudre
de Laurence Gillot

Un cadeau d'enfer
de Hubert Ben Kemoun

Reste avec moi
de Christian de Montella

Je l'aime, un peu,
beaucoup
de Christian Grenier

La nuit de l'évasion
de René Frégni

Les confidences
d'Ottilia
de Marie Desplechin

JEUX VIDÉO : ZELDA CONTRE TOMB RAIDER
BAYARD PRESSE JEUNE
JE BOUQU
FÉVRIER 1999 N°180
10-15 ans
UN ROMAN DE GÉRARD MONCOMBLE
LE SECRET DERRIÈRE LA PORTE
Une porte
her une autre !
DOSSIER LITTÉRAIRE
Le roman de la momie
Théophile Gautier

Imprimerie Hérissey - 27000 Évreux - Dépôt légal : novembre 2001
N° d'éditeur : 7062 - N° d'imprimeur : 91106